Christliche Fabeln

mit Dank an meine Frau, meine Eltern und meinen Bruder

Christliche Fabeln

Sieben Geschichten nach Vorlagen

der Heiligen Schrift

Tobias Heinrich

Illustriert von Olivia Borchardt

Bibliografische Information der Deutschen Bibliothek:
Die Deutsche Bibliothek verzeichnet diese Publikation in der Deutschen Nationalbibliografie;
detaillierte Daten sind im Internet über
<http://dnb.ddb.de> abrufbar.

© 2005 Tobias Heinrich
Herstellung und Verlag: Books on Demand GmbH, Norderstedt
ISBN 3-8334-3996-3

Inhalt

Vorwort

Liebe Leser,
die CHRISTLICHEN FABELN sollen ein weiterer Weg sein die Botschaften von Jesus Christus, insbesondere die Aussagen seiner Gleichnisse, zu verbreiten und auch für Kinder leicht verständlich und zugänglich zu machen.

Wenn man bedenkt, wie knapp oft die Schilderungen der Gleichnisse in den Evangelien sind, so ist meine Idee wohl nachvollziehbar, ihre Botschaft zu entnehmen und in eine kindgerechte Erzählung einzubetten.

Das Figureninventar der Geschichten ist in Anlehnung an die epische Kleinform Fabel gewählt. Tiere mit verschiedenen Charakteren sind die Handlungsträger. Die Erzählung selbst ist jedoch bewusst nicht der Knappheit von typischen Fabeln angepasst, da mir hier das ausführlichere, erzählerische Element von Bedeutung war, das die Fantasie des Kindes, seine bildliche Vorstellungskraft, anregen soll.

Mögen die CHRISTLICHEN FABELN in ihrem Sinn erkannt werden und zur Freude bei jung und alt beitragen.

Die Bedeutung der Gleichnisse

Das alles redete Jesus in Gleichnissen zu dem Volk, und ohne Gleichnisse redete er nichts zu ihnen, damit erfüllt würde, was gesagt ist durch den Propheten, der da spricht (Psalm 78,2): „Ich will meinen Mund auftun in Gleichnissen und will aussprechen, was verborgen war vom Anfang der Welt an."
(Matthäus; 13, 34-35)

Darum rede ich zu ihnen in Gleichnissen. Denn mit sehenden Augen sehen sie nicht und mit hörenden Ohren hören sie nicht.
(Matthäus; 13,13)

Er lehrte sie vieles in Gleichnissen.
(Markus; 4,2)

Und durch viele solche Gleichnisse sagte er ihnen das Wort so, wie sie es zu hören vermochten.
(Markus; 4,33)

1

Das barmherzige Stinktier

nach Lukas 10; 25-37

Als ich kürzlich in der Bibel las, wie Jesus einem Schriftgelehrten die Begebenheit vom barmherzigen Samariter erzählte, fiel mir eine Geschichte ein, die sich vor einigen Jahren in einem großen Wald zugetragen hatte …

An einem Morgen, als die ersten Sonnenstrahlen durch das Blätterdach des Waldes fielen, kam das Stinktier aus seiner Höhle, die tief im dunklen Wald lag.

Das Stinktier dachte nach.

Es überlegte, ob es heute wieder einmal den Wald verlassen sollte, um sich neue Nahrung zu suchen, denn seine Vorräte gingen langsam zur Neige. Das Stinktier ging nicht gerne aus seiner Höhle und dem Wald heraus, denn draußen auf dem Feld würde es bestimmt wieder andere Tiere treffen und die konnten das Stinktier nicht leiden.

Zur gleichen Zeit, als das Stinktier noch überlegte, war das Eichhörnchen auf der anderen Seite des Feldes schon lange damit beschäftigt, an einem großen Busch Nüsse für den Winter zu sammeln. Bald hatte es genau so viele beisammen, wie es tragen konnte.

Das Eichhörnchen schleppte die Nüsse quer über das ganze Feld. Jetzt musste es nur noch den schmalen Feldweg entlang um dann wieder im sicheren Wald zu verschwinden. Als es den Feldweg erreichte, stürzten sich drei Krähen mit lautem Geschrei auf das Eichhörnchen.

Sie hatten es schon eine Weile von einem Baum herab beobachtet und nun hackten sie mit ihren Schnäbeln auf das wehrlose Eichhörnchen ein, bis es umfiel und liegen blieb. Dann nahmen sie ihm alle Nüsse weg und flogen davon.

Das Eichhörnchen lag eine lange Zeit bewusstlos und verletzt auf dem staubigen Feldweg.

Ein Storch kam auf seinen langen Beinen den Weg entlang stolziert und erblickte das Eichhörnchen. Er erschrak und drehte den Kopf nach allen Seiten um zu schauen, ob die, die es überfallen hatten, noch in der Nähe waren. Dann breitete er die Flügel aus und flog über das Feld davon.

Eine kurze Zeit später kam der Fuchs vorbei, besah sich das verletzte Tier und sagte: „Hast du ein Glück, dass ich heut schon eine Mahlzeit hatte und dich hier liegen lasse. Aber vielleicht finde ich dich im Winter wieder und dann werde ich dich fressen." Er drehte sich um und ging davon.

Inzwischen hatte sich das Stinktier entschieden doch wieder einmal den Wald zu verlassen und nach Nahrung zu suchen.

Als es vorsichtig aus dem Wald heraustrat, bekam es einen großen Schreck. Direkt vor seiner Nase lag das verletzte Eichhörnchen. Das Stinktier umrundete es vorsichtig und fing dann an das Eichhörnchen möglichst langsam ohne ihm wehzutun auf seinen Rücken zu ziehen. Als es sicher oben lag, drehte sich das Stinktier vorsichtig um und schlich zurück in den Wald. Es lief zurück zu seiner Höhle.

Als es dort ankam, war es bemüht das Eichhörnchen vorsichtig vom Rücken auf sein weiches Lager gleiten zu lassen. Dann holte es etwas Wasser und wusch dem Eichhörnchen das verschmutzte Fell sauber. Durch das kühle Wasser wurde das Eichhörnchen wieder wach und wunderte sich, wo es war und fragte das Stinktier: „Wo bin ich?"

Das Stinktier beruhigte es und sagte: „Bleib liegen, du bist in Sicherheit und ich helfe dir." Das Eichhörnchen spürte, dass es noch zu schwach war um aufzustehen, und blieb liegen.

Das Stinktier kam aus einer Ecke der Höhle hervor und brachte dem Eichhörnchen ein paar Nüsse, die es essen sollte um sich zu stärken.

Dann sagte das Stinktier: „Bleib liegen und erhole dich, ich komme bald wieder."

Nach einer Weile kam es wieder zur Höhle herein.

Das Eichhörnchen fragte: „Wo warst du denn solange?"

„Ich habe Nüsse für dich gesammelt," antwortete das Stinktier, „da du noch sehr schwach bist, wirst du in den nächsten Tagen wohl nicht viel tragen können und wenn bald der Winter kommt, wäre dein Vorrat nicht groß genug und du hättest Hunger."

Das Eichhörnchen war dankbar und glücklich. Es hätte nie gedacht, dass das Stinktier so ein liebes Tier war.

Die beiden blieben noch viele Winter und Sommer lang gute Freunde.

2

Der arme Marabu

nach Lukas 18; 10-14

Als ich neulich im Lukasevangelium vom Pharisäer und dem Zöllner las, fiel mir eine Geschichte ein, die sich am Rande der Wüste in Afrika zugetragen hatte …

Ein mächtiger Löwe lag unter einem großen Baum im Schatten. Er hatte soeben seine Mahlzeit beendet und besah sich ein großes Stück Fleisch, das noch übrig geblieben war. Über dem Baum kreisten die Geier und weiter weg in einem Erdloch sah man eine Hyäne, die gierig auf das Fleisch des Löwen starrte.

Abseits an einem Busch stand ein alter Marabu.

Ein Leopard, der das Fleisch gewittert hatte, trat auf den Löwen zu und sagte: „He, Kamerad, du scheinst noch Fleisch übrig zu haben. Das könnte ich gut gebrauchen. Ich bin ein ebenso guter Jäger wie du, aber heute hatte ich noch kein Jagdglück. Ist es nicht schön, dass wir uns nicht wie die ganzen hässlichen Aasfresser hinter Büschen und in Gruben verstecken müssen um zu warten bis die anderen satt sind?"

Der Löwe erhob seinen mächtigen Kopf, sagte aber kein Wort.

Da trat der alte Marabu einige Schritte hervor und sagte: „Löwe, ich bin alt und zu schwach mir mein Essen selbst zu fangen. Ich bin auf die Großzügigkeit der Stärkeren angewiesen, damit auch ich satt werde. Sei mir gnädig."

Der Löwe blickte den Leopard an und fragte: „Mit wem teilt man wohl lieber, mit dem Überheblichen oder mit dem Bedürftigen?"

Der König der Tiere nahm das Stück Fleisch, legte es vor dem Marabu nieder uns setzte sich zu ihm.

3

Die klugen Kraniche

nach Matthäus 25; 1-13

Als ich in der Heiligen Schrift ein Gleichnis des Herrn Jesu las, erinnerte ich mich an eine Begebenheit, die sich an einem großen See im Norden ereignet hatte….

Es war wieder Herbst und ein herrlicher, goldener Tag im Oktober brachte noch einmal Wärme über das Land. Wie jedes Jahr um diese Zeit sammelten sich wieder Hunderte Zugvögel am großen See. Hier sollte der Flug in den Süden beginnen.

An diesem Tag waren die Kraniche eingetroffen. Unter ihnen waren auch zehn Kraniche, die im Frühjahr geboren waren und nun zum erstenmal mit ihren Eltern, Geschwistern und Verwandten nach Afrika fliegen sollten.

Als es Abend wurde, sagten die Eltern zu den jungen Kranichen: „Ihr müsst heute besonders früh mit uns schlafen gehen, damit ihr ausgeruht seid. Denn in einer der nächsten Nächte wird der alte, weise Kranich kommen und mit ihm werden wir dann sofort losfliegen. Er weiß genau, wann es am besten ist aufzubrechen.“

Als die Eltern sich zur Ruhe legten gingen die jungen Kraniche noch einmal zum See. „Kommt“, sagte einer, „wir gehen um den See herum. Da drüben waren wir noch nie, da gibt es bestimmt etwas Neues zu entdecken.“

Sie wanderten los. Aufgeregt versuchten sie die fremde Gegend trotz der Dunkelheit zu erkunden. Sie merkten dabei gar nicht, wie schnell die Zeit verging. Nach einer Weile kamen sie an der anderen Seite des Sees an und nun bemerkten sie auch wie müde sie schon waren, denn der Weg im Dunkeln war anstrengend.

„Lasst uns hier am Ufer bleiben und schlafen,“ sagte ein junger Kranich, „ich glaube nicht, dass wir heut Nacht schon weiterfliegen.“ Vier andere Kraniche nickten. „Wir glauben auch nicht, dass der alte Kranich schon heute kommt,“ sagten sie, „lasst uns jetzt hier schlafen.“

Die fünf anderen Kraniche wollten aber unbedingt zurück zu ihren Eltern. Obwohl sie auch sehr müde waren machten sie sich wieder auf den Weg.

Als sie endlich an der anderen Seite des Sees ankamen schliefen schon alle anderen Kraniche.

„Ich werde meinen Kopf beim Einschlafen auf die Flügel meiner Eltern legen," sagte einer der jungen Kraniche zu seinen vier Freunden, „dann merke ich auf jeden Fall, selbst wenn ich ganz fest schlafe, wann sie losfliegen wollen."

„Das ist eine gute Idee," sagten die anderen jungen Kraniche, „so werden wir uns auch hinlegen."

Jetzt wurde es still über dem großen, dunklen See.

Die jungen Kraniche hatten kaum zwei Stunden auf den Flügeln ihrer Eltern geschlafen, als leiser Flügelschlag über dem See zu hören war. Der alte, weise Kranich landete. Er weckte leise die anderen Tiere und sagte: „Es ist soweit, die Winde stehen günstig, wir brechen auf."

Die fünf jungen Kraniche schreckten hoch als ihre Eltern so plötzlich aufstanden. Noch ganz verschlafen breiteten sie wie alle anderen ihre Flügel aus und dann erhoben sich alle gemeinsam in die Luft. Ihr Flug nach Süden begann.

Auf der anderen Seite des Sees hatte man noch nichts von dem Aufbruch mitbekommen.

Fünf Kraniche schliefen noch tief und fest.

4

Vom ungerechten Hamster

nach Matthäus 18; 23-35

Als ich vor einigen Tagen in der Bibel von einem Gespräch zwischen Jesus und Petrus las, erinnerte ich mich an eine Geschichte, die sich vor langer Zeit in einem großen Wald zugetragen hatte….

Als es wieder Winter wurde, verließ der Hamster noch einmal seine Höhle. Er musste noch etwas vor dem Winterschlaf erledigen, was er bisher völlig vergessen hatte.

Im letzten Jahr hatten seine Vorräte für den Winter nicht ausgereicht und er hatte sich Futter leihen müssen um nicht zu verhungern. Damals war er zum Bären gelaufen, der ganz in der Nähe wohnte und schon in seinem tiefen Winterschlaf lag.

Als es dem Hamster nach einiger Zeit gelungen war den Schläfer zu wecken, war der Bär sehr freundlich und gab ihm so viel Nahrung mit, dass er es kaum tragen konnte.

„Danke", hatte der Hamster gesagt, „ich werde dir im nächsten Jahr genau so viel zurückgeben."

Der Bär war damit zufrieden und legte sich wieder schlafen.

Erst jetzt war es dem Hamster wieder eingefallen, dass er Schulden hatte und dass er viel mehr Nahrung hätte sammeln müssen um dem Bären genug zurückgeben zu können.

Mit schlechtem Gewissen ging er zu der Höhle des Bären und klopfte an. Als der Bär öffnete, sagte der Hamster: „Entschuldige Bär, dass ich dich störe, aber ich muss dir sagen, dass ich dir leider nicht so viel zu essen wiedergeben kann, wie du mir letztes Jahr gegeben hast."

Der Bär dachte nach. Dann lächelte er freundlich und sprach: „Ach weißt du, ich habe genug Vorräte, du brauchst mir nichts geben. Ich erlasse dir deine Schulden."

Der Hamster war erleichtert. Er bedankte sich und verließ die Höhle des Bären.

Als er wieder draußen war, sah er die Waldmaus, die gerade vorbeieilte.

„Heda", rief der Hamster, „Waldmaus bleib' stehen. Hatte ich dir nicht letzte Woche zwei Sonnenblumenkerne gegeben, die du für deine kranken Kinder zum Abendbrot brauchtest? Ich will sie wieder haben, der Winter kommt und da brauche ich Vorräte!"

Die Waldmaus fing sogleich an sich zu entschuldigen und bat um Verzeihung. Sie hatte es noch nicht wiedergeben können, da sie selbst in Not und ihre Kinder noch krank waren.

Da trat der Bär vor die Höhle, der das Gespräch der beiden mit angehört hatte.

„Du ungerechter Hamster!", rief der Bär. „Habe ich dir nicht gerade aus Güte eine große Schuld erlassen? Ist es dir da nicht möglich der Waldmaus, die in Not ist, ihre kleine Schuld zu erlassen? Morgen komme ich zu dir und hole mir doch den Vorrat, der mir zusteht!"

5

Der verlorene Sohn

nach Lukas 15; 11-32

Als ich vor einiger Zeit im Lukasevangelium las, erinnerte ich mich an die Geschichte einer Igelfamilie, die ich vor langer Zeit gehört hatte …

Kurz vor dem Wald, da wo der Feldweg zum Dorf beginnt, wohnte ein Igel mit seiner Frau und ihren beiden Söhnen. Der Sommer war fast vergangen und wenn die Sonne abends hinter dem dichten Wald verschwand, merkte man, dass die warmen Tage immer etwas kürzer wurden. Die Igelfamilie fing nun an Vorräte für den Winter zu sammeln und alle vier waren damit beschäftigt Beeren und Nüsse nach Hause zu tragen. Sie alle waren fleißig und hatten bald einen großen Vorrat angelegt, so dass die Vorratskammer ganz gefüllt war.

An einem sonnigen Tage im Herbst kam einer der Igelsöhne zu seinem Vater und sagte: „Vater, gib mir meinem Teil von unserem Vorrat, ich will nicht mehr hier bleiben. Ich will dahin, wo abends immer die Sonne hinter dem Wald verschwindet."

Der Vater überlegte kurz und sagte: „Na gut, mein Junge, du bist jetzt alt genug allein an einen anderen Ort zu gehen. Du kannst so viele Beeren mitnehmen, wie du mit deinem Stachelkleid tragen kannst."

Der Junge ging zu dem großen Beerenvorrat und rollte sich mit aufgestellten Stacheln hin und her.

Als er wieder aufstand, steckte eine große Menge Beeren an ihm. Er rief seiner Familie ein fröhliches „Auf Wiedersehen" zu und machte sich auf den Weg, der in den dichten Wald führt.

Der Vater und sein anderer Sohn blickten ihm nach. Hinter ihnen stand die Igelmutter. Einige große Tränen rollten aus ihren Augen.

Der Igeljunge jedoch marschierte munter in den Wald hinein und wenn er vom vielen Laufen hungrig wurde, aß er eine Beere. Als er nach einiger Zeit an einen Bach kam, schaute er sich vergeblich nach einer Brücke um. Er musste wohl oder übel in den Bach springen, eine flache Stelle suchen und durch das Wasser laufen.

Als er in der Mitte des Baches war wurde die Strömung etwas stärker und das Wasser spülte alle Beeren fort, die an seinen unteren Stacheln steckten.

Tropfnass stieg er an das andere Ufer. Kaum dass er die Böschung hochgeklettert war, sprang ein Fuchs hinter einem Busch hervor und kam direkt auf ihn zu gelaufen. Der Igel rollte sich blitzschnell zu einer stacheligen Kugel zusammen. Der Fuchs lief einige Male um den Igel herum und wurde wütend. „So kann ich dich nicht fressen, du Stachelvieh!", schrie er.

Nach einiger Zeit verschwand der Fuchs, aber der Igel blieb vorsichtshalber noch einige Zeit zusammengerollt.

Als er sich endlich wieder aufrappelte, bemerkte er das nächste Unglück. Als er sich vorhin so schnell und ruckartig zusammen gerollt hatte, waren alle Beeren von seinen Stacheln abgefallen und inzwischen hatten die Waldvögel alle herumliegenden Beeren aufgepickt.

Da stand er nun allein im tiefen Wald ganz ohne Nahrung. Der Winter würde bald beginnen und es gab nichts Essbares mehr für ihn im Wald zu finden. Ohne Beeren würde er es niemals durch den Wald schaffen und müsste verhungern.

Er musste unbedingt versuchen zu seiner Familie zurückzukommen.

Aber hatten denn seine Eltern genug zu essen? Wo er doch soviel von den Vorräten mitgenommen hatte.

Dem Igeljungen war kalt und er war geschwächt von dem weiten Rückweg. Er hatte nun schon lange nichts mehr gegessen und der Weg war noch weit. Als er endlich den Waldrand erreichte, sah er seinen Vater, der gerade über den Feldweg lief. Der Igeljunge hatte Angst zu ihm zu gehen und er überlegte, was er tun sollte. Da hatte der Igelvater ihn aber schon entdeckt und lief auf ihn zu.

„Mein Junge, mein lieber Junge, schön, dass du wieder da bist!", rief der Vater. Auch die Mutter freute sich sehr und als die ganze Familie sich wärmend und essend beieinander saß, fragte der Bruder des weggelaufenen Igeljungen: „Sag mal, Papa, reichen denn unsere Vorräte für den Winter, jetzt wo wir wieder zu viert sind? Mein Bruder hatte doch so viele Beeren mitgenommen."

Der Vater schaute seine Söhne an und erklärte: „Deine Mutter und ich waren, gleich nach dem dein Bruder weggegangen war, noch einmal Vorräte sammeln, so dass wir die Vorratskammer wieder ganz auffüllen konnten. Wir werden alle satt und zufrieden über den Winter kommen."

6

Der fremde Hirsch

nach Markus 9; 38-41

Als mir ein Freund die Geschichte von einem fremden Wundertäter aus dem Markusevangelium vorlas, fiel mir eine Begebenheit ein, die sich vor vielen Jahren bei den Tieren in Kanada ereignet hatte …

In den unendlichen Weiten der kanadischen Wälder lebte eine große Herde von Wapitihirschen. Wie jeden Abend zogen sie alle zu einer Lichtung in ihrem Waldgebiet um dort zu fressen.

Der König der Wapitihirsche hatte in den letzten Tagen beobachtet, dass die Nahrung für die Herde knapp wurde. Das Gras, die Kräuter, ja selbst die Blätter an den kleinen Büschen waren nur noch in geringen Mengen vorhanden.

Als die meisten der Tiere genug gefressen hatten, rief er seine zwölf besten Freunde zu sich. Es waren zwölf junge, kräftige Hirsche, die er sich ausgewählt hatte.

„Meine Freunde", sagte er, „die Vorräte in unserem Revier gehen langsam zur Neige. Es wird Zeit, dass wir uns nach neuen Weidegründen umsehen, nach einer Gegend, wo große, saftige Wiesen sind und wo sich alle wieder satt essen können.

Euch habe ich ausgewählt, ihr sollt meine Späher, meine Kundschafter sein. Morgen früh brecht ihr gemeinsam auf und fangt an nach einem Ort zu suchen, wo die ganze Herde hinziehen kann und reichlich Nahrung hat."

Als die Nacht vorbei war und die ersten Sonnenstrahlen durch die Blätter des dichten Waldes schienen, erwachte die Herde langsam und die zwölf Späher machten sich sogleich auf den Weg, um neue Weidegründe zu suchen. Zunächst mussten sie den dunklen Teil des Waldes durchwandern, bis sie nach einer Weile den großen Bach erreichten. Die Gegend auf der anderen Seite des Baches war ihnen nicht so gut bekannt und so beschlossen sie, dass sie dort für ihren König und die Herde nach einem neuen Ort suchen wollten, damit dort wieder alle satt und zufrieden leben könnten.

Es war zur Mittagszeit, die Sonne stand hoch am Himmel, als die Hirsche in eine felsige Gegend kamen. Sie wollten gerade in eine Schlucht hineinlaufen, da kam ihnen ein fremder Hirsch entgegen.

„Was tust du hier?", riefen ihm die Späher zu. Der fremde Hirsch kam auf sie zu und antwortete: „Ich habe gehört, dass der König der Wapitihirsche neue Weidegründe sucht, wo alle satt werden können. Ich suche für ihn nach einem solchen Ort."

„Woher weißt du davon?", fragten die anderen Späher. „Er hat dir doch gar keinen Auftrag für diese Aufgabe gegeben."

„Die Vögel des Waldes erzählten davon," erklärte der Hirsch, „von ihnen habe ich es gehört. Ich bin nun schon seit einigen Stunden unterwegs und suche für den König genau wie ihr."

„Dann musst du dich uns anschließen," sagten die anderen Späher, „wir können dann gemeinsam weitersuchen."

„Ich werde lieber allein woanders weitersuchen. Vielleicht findet ihr etwas, vielleicht finde ich etwas," sagte der fremde Späher und verschwand im Wald.

Als es Abend wurde, kehrten die Hirsche zu ihrer Herde zurück. Der König empfing sie und fragte sogleich: „Habt ihr einen Ort gefunden, wo die Herde hinziehen kann?"

„Nein, leider noch nicht," sagte einer der Späher, „wir müssen morgen weitersuchen."

Ein anderer Späher sagte: „König, wir sind einem fremden Hirsch begegnet, der uns erzählte, dass er auch für dich nach neuen Weidegründen sucht. Er hat sich geweigert uns zu folgen und wollte nicht mit uns suchen."

„Das schadet nichts," sagte der König, „wer nicht gegen uns ist, der ist für uns. Da er auch in meinem Namen sucht, kann es nur zu unserem Vorteil sein, wenn er etwas findet."

Die Nacht brach an, die Vögel im Wald verstummten und alle Tiere legten sich zur Ruhe.

Am nächsten Morgen bat der König wieder die zwölf Späher zu sich. Er wollte ihnen sagen, in welcher Richtung sie heute ihre Suche fortsetzen sollten.

Gerade als die Hirsche sich auf den Weg machen wollten, hörte man ein leises Knacken in einem Gebüsch nahe der Lichtung und einen Moment später trat der fremde Späher, den die Hirsche gestern getroffen hatten, aus dem Wald hervor.

„König der Hirsche," rief er, „ich war auch für dich tätig und habe gefunden, wonach du suchst. Ihr müsst den Wald in nord-westlicher Richtung verlassen, da werdet ihr Wiesen finden auf denen ihr lange Zeit satt werdet."

Der König zögerte keinen Augenblick. Er bedankte sich bei dem fremden Späher und alle brachen gemeinsam auf, den neuen Weidegründen entgegen. Sie wanderten viele Stunden.

Es wurde Mittag und sie machten eine kurze Rast, damit sich die jungen und die alten, schwachen Tiere ausruhen konnten.

Als sie wieder aufbrachen, sagte der fremde Späher dem König, dass sie zwar noch einige Stunden wandern müssten, jedoch bis zum Abend am Ziel ankommen würden.

Als die Nachmittagssonne zu sinken begann wurde der Wald etwas lichter. Es war mehr Platz zwischen den nicht mehr so dicht stehenden Bäumen und die Herde kam schneller voran. Der König und die anderen jungen Hirsche liefen an der Spitze der Herde und plötzlich hatten sie das Ende des Waldes erreicht. Vor ihnen lag ein wunderschönes Tal, voll von grünen, saftigen Wiesen, mit Blumen und Büschen und in der Mitte dieses Tals floss ein Bach mit klarem, frischen Wasser.

„Seht ihr es," sagte der König der Wapitihirsche, „wir sind am Ziel. Der fremde Späher hat uns gut geführt, darum merkt es euch, meine Freunde, was ich euch gestern schon sagte: Wer nicht gegen uns ist, der ist für uns!"

7

Die geliehenen Körner

nach Matthäus 25; 14-30

Das Gleichnis von den anvertrauten Pfunden und den drei Knechten erinnerte mich an eine Geschichte von vier Mäusen, die sich vor einiger Zeit in der Nähe eines großen Bauernhofes ereignet hatte …

Es war einmal eine Feldmaus, die hatte vor langer Zeit viele Körner aus einer Scheune bei einem alten Bauernhof mitgenommen, um sich am Waldesrand ein kleines Feld anzulegen. Hier konnte sie nun immer, bevor der Winter kam, ernten und sich Vorräte anlegen.

In der Nähe wohnten noch drei andere Mäuse. Die halfen der Feldmaus gelegentlich bei der Pflege des Feldes und bei der Ernte, wenn es darum ging, die Körner einzusammeln und in die Vorratskammer zu tragen.

Eines Tages, als die vier Mäuse gerade auf dem Feld arbeiteten, sagte die Feldmaus zu den anderen: „Ich werde morgen früh aufbrechen und eine lange Reise machen. Ich besuche meine Freundin, die Waldmaus, welche weit weg von hier in einem anderen Land lebt. Ich werde erst in einem Jahr wiederkommen. Da ich viele Vorräte in meiner Höhle habe, die ich nicht auf die Reise mitnehmen kann, werde ich sie euch anvertrauen. „Dir", sagte sie zu der ersten Maus, „gebe ich fünf Säcke voller Körner, da du die größte Vorratskammer hast."

„Dir," sagte sie zu der zweiten Maus, „gebe ich zwei Säcke und dir," sprach sie zur dritten Maus, „gebe ich einen Sack, da du die kleinste Kammer hast."

Als sie die Säcke voller Körner an die Mäuse verteilt hatte, verabschiedete sie sich und begab sich auf die weite Reise.

Die drei anderen Mäuse blieben da und gingen ihrer Arbeit nach.

Schon bald fing die erste Maus an das Feld zu vergrößern und die Körner aus den fünf Vorratssäcken auszusäen. Sie wollte dann im nächsten Jahr nach der Ernte der Feldmaus ihre Säcke voll mit frischen Körnern wiedergeben.

Ebenso tat es die zweite Maus. Auch sie vergrößerte das Feld und säte die ihr gegebenen Körner aus.

Die dritte Maus aber nahm den ihr anvertrauten Sack und stellte ihn in die hinterste Ecke der Vorratskammer und verschloss die Tür.

So, dachte sie, wird nichts von den Körnern verloren gehen und ich kann im nächsten Jahr der Feldmaus ihren Vorrat unversehrt wiedergeben. Die hat dann keinen Grund böse zu sein, wenn alles, was sie mir geliehen hat, noch da ist.

Die Zeit verging und das neue Korn reifte heran. Als ein Jahr vergangen war, konnten die Mäuse wieder ernten. Es war ein gutes Jahr für sie gewesen. Das Korn war im Sonnenschein gewachsen und es schien eine reiche Ernte zu werden.

Die erste Maus füllte viele Säcke mit frischen Körnern. Als sie fertig war, staunte sie. Aus den fünf Körnersäcken, die sie für die Feldmaus ausgesät hatte, waren zehn neue Säcke voller frischer Körner geworden.

Ebenso erging es der zweiten Maus. Sie hatte so viele Körner geerntet, dass sie vier Säcke füllen konnte. Gerade als die Mäuse die letzten Säcke zugebunden hatten, kehrte die Feldmaus von ihrer langen Reise zurück. Sie freute sich die anderen Mäuse und ihr Feld wiederzusehen.

„Sei willkommen!", rief die erste Maus. „Ich habe gerade geerntet und habe deine Vorräte verdoppelt. Ich kann dir jetzt zehn Säcke wiedergeben."

„Das ist ja großartig," freute sich die Feldmaus, „wie fleißig du warst. Nimm dir zur Belohnung so viele Körner, wie du brauchst, damit du im nächsten Winter genug Nahrung hast."

Die zweite Maus konnte der Feldmaus genau das Gleiche sagen. Auch sie hatte die geliehenen Vorräte verdoppelt und gab der Feldmaus vier Säcke voll Korn zurück.

„Auch dir vielen Dank," sagte die Feldmaus, „auch du warst sehr fleißig und hast viel gearbeitet. Nimm dir so viele Körner, wie du brauchst."

Die dritte Maus hatte derweil den Körnersack der Feldmaus aus ihrer Vorratskammer geholt. Sie ging zur Feldmaus und sagte: „Hier, Feldmaus, sind alle Körner, die du mir geliehen hattest, ich habe sie alle aufgehoben und nicht angerührt."

„Was bist du nur für eine faule Maus," rief die Feldmaus, „du hast überhaupt nicht versucht die Körner zu vermehren.

Gib sie her, ich will sie den beiden anderen geben, die fleißig für mich gearbeitet haben. Dir werde ich nichts mehr geben."

Tobias Heinrich

Der Autor Tobias Heinrich wurde am 10.05.1977 in Berlin geboren. Nach dem Abitur studierte er zunächst Musikwissenschaft an der Freien Universität Berlin, bevor er 1998 sein Musik-Lehramtsstudium an der Universität der Künste mit den Nebenfächern Deutsch, Sachunterricht und Philosophie begann. Mit der Prüfung zum 1. Staatsexamen konnte er im Herbst 2005 sein Studium erfolgreich beenden. Neben Opernauftritten, Konzerten und seiner Tätigkeit als Chor- und Orchesterdirigent wendete er sich 2004 verstärkt dem Schreiben zu. Das Buch „Christliche Fabeln" ist seine Erstveröffentlichung.

Olivia Borchardt

Olivia Borchardt wurde 1978 in Berlin geboren.
2001 begann sie ihr Kunst-Lehramtsstudium an der Universität der Künste in Berlin. Während ihres mehrmonatigen Auslandsstudiums an der Facultad de las Bellas Artes in Valencia/Spanien 2002/2003, zeigte sie erstmals öffentlich eigene Werke. Seitdem folgten mehrere Ausstellungen in Berlin und Valencia. Neben ihrem Studium arbeitet die Künstlerin vorwiegend als Malerin. „Christliche Fabeln" ist ihre erste Buchillustration.